Chronologie

8-9 mai 1990
Profanation de 34 tombes juives à Carpentras, qui entraînera une véritable affaire médiatique et judiciaire.

18 mai 1990
Le TGV établit le record du monde de vitesse sur rail à 515,3 km/h.

7 juillet 1990
Bernard Tapie prend le contrôle du groupe d'équipements sportifs Adidas.

2 août 1990
La guerre du Golfe débute.

3 octobre 1990
Création de la Contribution sociale généralisée (CSG).

6 octobre 1990
Émeutes à Vaulx-en-Velin après la mort d'un jeune délinquant tué dans une course-poursuite avec la police.

16 janvier 1991
François Mitterrand annonce au Parlement que la France est entrée en guerre contre l'Irak aux côtés de ses alliés.

2 mars 1991
Décès de Serge Gainsbourg.

12 mars 1991
Le gouvernement français met en place un plan visant à réduire le déficit grandissant de la Sécurité sociale.

25 décembre 1991
Le Premier ministre Mikhaïl Gorbatchev démissionne, c'est officiellement la fin de l'URSS.

20 janvier 1992
Un Airbus A320 s'écrase près du mont Sainte-Odile (Vosges), faisant 87 morts.

7 février 1992
Ouverture des XVIe Jeux olympiques d'hiver à Albertville (Savoie). La cérémonie d'ouverture est signée Philippe Decouflé.

5 mai 1992
Une tribune du stade Armand-Cesari de Furiani, en Corse, s'effondre lors de la demi-finale de la Coupe de France, faisant 18 morts et plus de 2 200 blessés.

20 septembre 1992
Référendum français sur le traité de Maastricht : le texte est approuvé à une majorité de 51 %.

1er novembre 1992
La loi Évin contre le tabagisme et la publicité sur l'alcool entre en vigueur.

Des parents émerveillés.

Georges Bush parle même d'un « nouvel ordre international », tandis que le premier McDonald's ouvre à Moscou. Le monde aisément lisible où s'affrontaient Est et Ouest laisse place à un monde complexe et instable, qui finira par nous convenir : l'Europe nous paraîtra accueillante et ouverte. Les enfants de 1990 déchireront page à page les atlas de Papa.

Pour le moment, les surprises s'enchaînent : arrivée pile à l'heure après neuf mois de grossesse, je ne suis pas le garçon attendu ! La péridurale n'a pas entamé la lucidité de Maman,

Roger Waters de Pink Floyd célèbre la fin d'un monde.

qui ne se démonte pas et m'appelle quand même Gabrielle. Papa, qui assiste à l'accouchement, est émerveillé et sous le choc. Quant aux autres enfants de 1990, ils s'appellent Kévin, Thomas, Julien, Nicolas, Alexandre, Jérémy, Anthony, Élodie, Laura, Julie, Marine, Marie, Marion ou Pauline.

Allô maman bobo…

Le terme n'existe pas encore, mais je nais sans le savoir dans une famille de bobos. Bourgeoise du fait de ma mère, bohème pour ce qui est du mode de vie, ma petite enfance répond à tous les codes du genre : par goût du vintage et des économies, je suis allaitée par ma mère et baptisée ; en revanche,

Gabrielle Garnier
Jèrôme Maufras

Nous, les **enfants** de 1990

De la naissance à l'âge adulte

Éditions Wartberg

Mentions légales

Crédits photographiques :

Archives personnelles, p. 5, 7-8, 10b, 11h, 14, 16-17, 18b, 19, 21-22, 25, 28-29, 31, 33, 37-38, 41, 45-46, 47b, 50, 55, 57, 63b.
© Nokia, p. 48.
© Picture-alliance / dpa, p. 15, 27, 58-61 ; Picture-alliance / epa-Bildfunk, p. 13, 56 ; Picture-alliance / abaca, p. 18h, 44, 63h ; Picture-alliance / Fotoreport, p. 20, 24 ; Picture-alliance / maxppp, p. 30 ; Picture-alliance / Photoshot, p. 34, 36 ; Picture-alliance / Offside, p. 39 ; Picture-alliance / dpa/dpaweb, p. 42-43 ; Picture-alliance / ZUMA Press, p 47h. ; Picture-alliance / ZB, p. 49 ; Picture-alliance / Oredia, p. 54 ; Picture-alliance / united archives, p. 62.
© Ullstein bild – Schraps, p. 6 ; Ullstein bild – Rolf Kosecki, p. 10h ; Ullstein bild – IBERFOTO, p. 32 ; Ullstein bild – EyeVisto, p. 51 ; Ullstein bild – ecopix, p. 53.
© Roger-Viollet, p. 11b ; Jean-Pierre Couderc / Roger-Viollet, p. 9.

Nous remercions tous les ayants droit pour leur aimable autorisation de reproduction.
Dans le cas où l'un d'eux n'aurait pu être joint, une provision de droits est prévue.

1re édition, 2013

40, rue de l'Échiquier
75010 Paris

Un département de Wartberg Verlag GmbH & Co. KG.
Im Wiesental 1
34281 Gudensberg-Gleichen
Allemagne

Conception graphique : Ravenstein & partenaires, Verden.
Imprimé en Allemagne sur les presses de Thiele & Schwarz, Kassel.

ISBN : 978-3-8313-2590-0

Préface

Chers enfants de 1990,

Qu'on se le dise : Les enfants de 1990 ont aujourd'hui à peine plus de 20 ans, mais ils ont déjà tout vécu ! De la chute du mur de Berlin à la fin du communisme, de l'effondrement de l'URSS à la montée en puissance de l'extrême-droite, de la fin du Minitel au début d'Internet, des attentats les plus meurtriers de l'histoire à l'avènement du téléphone portable, du remplacement du franc par l'euro à l'érosion de la cellule familiale, de la crise sociale à la crise économique en repassant par la crise financière, de la fin des PTT aux réseaux sociaux, de la télé-réalité à la victoire de la France en Coupe du monde, d'émeutes urbaines sans précédent à la bulle Internet… N'en jetez plus. C'est assez pour un siècle, en réalité ! On ne ressort pas indemne d'une telle cacophonie… vécue qui plus est en direct et en boucle sur les chaînes infos.

Mais ainsi sont les enfants de 1990, nés avec l'idée que rien ne dure et que rien ne saurait durer éternellement : ni l'amitié, ni l'amour, ni la gloire, ni le couple, ni la famille, ni la technologie, ni les usines, ni les hommes et les femmes politiques, ni les marques. Tout finit par être englouti, remplacé, reformaté. Parfois sans raison apparente.

Nous avons même des mots pour ça, forgés tout spécialement pour désigner cette obsolescence programmée et mise en scène : « low cost », « zapper », « storytelling », « buzz »… Le raccourcissement du cycle de vie du produit est manifeste pour notre génération.

À l'ère du développement durable, nous ne connaissons que le flux incessant de ce qu'on change, a changé ou changera. Un comble ! Mais nous ne sommes pas désabusés ou blasés par cette frénésie. Nous nous y ébrouons comme dans une bataille où les blessés se relèvent, s'adaptent, muent et se transforment. Alors vive les enfants du changement !

Gabrielle Garnier — Jérôme Maufras

1990-1992

Enfants du nouvel ordre international

Enfants d'un monde ouvert

Un des tubes de notre naissance le dit mieux que n'importe quel spécialiste des relations internationales : en 1990, Pauline Ester cartonne avec *Le Monde est fou*. C'est bien l'impression que donne cette incroyable accélération de l'histoire. Nous avons à peine le temps d'apprendre à marcher que déjà, le communisme ne marche plus.

En tombant le 9 novembre 1989, le mur de Berlin a en effet ouvert une brèche fatale dans le camp communiste. En quelques mois, c'est tout le vieux monde figé par la guerre froide qui se lézarde : l'URSS disparaît corps et âme [illegible] 1991, ses pays satellites d'Europe centrale deviennent des démocraties, [illegible]eligions auparavant interdites ressurgissent, l'Allemagne se réunifie et le [illegible]alisme s'impose comme unique modèle économique. Et tout cela, sans [illegible]dre coup de feu ni la moindre effusion de sang. Le Président américain le landau, trop traditionnel, est abandonné au profit du kangourou par Maman et du porte-bébé dorsal par Papa. Pas question de renoncer à sa virilité !

Mais pas question non plus, pour ma mère, de renoncer à sa vie de jeune femme active. Elle n'a pas fait un « bébé toute seule » comme le chante Jean-Jacques Goldman, mais ne compte pas pour autant, comme ses copines jeunes mamans, arrêter de travailler. Problème majeur de l'époque, les structures ne s'adaptent pas assez vite et les places en crèche se font aussi rares que les disques vinyles. À 2 mois ½, on me confie donc à la même garde d'enfants que mes cousins : 65 ans, quarante ans de service, de l'affection, des méthodes sévères mais justes, pas de télévision et un sens inné du repas équilibré. À 6 mois, je stupéfie mon entourage en dévorant goulûment un cervelas en salade !

Apprendre à survivre dans une nature hostile.

Ne subsistent que peu de témoignages de cette période dorée, les bohèmes filment au Super 8, prennent peu de photos et quand des amies de ma mère lui offrent un livre-journal de ma petite enfance, celle-ci craque comme toutes les mamans au bout de quatre pages ! Aucune trace, donc, de mes premiers pas sur le col de Lus-La-Croix-Haute dans le sud de la France. Mon père a crié « Elle marche ! » comme tous les pères et s'est émerveillé une fois de plus.

Au début des années 1990, le Pernoud fait toujours autorité, mais d'autres ouvrages insistent davantage sur la créativité de l'enfant. Il s'agit de développer sa personnalité, voire son intelligence, le plus tôt possible, et de briser ses préjugés dès le berceau : ma tante Guillou m'offre ainsi une poupée noire ! Elle est bientôt rejointe par un baigneur blanc plus traditionnel, ce qui donne à mon parc des allures de publicité Benetton… On m'entoure aussi de jeux et jouets « éducatifs » : tableau électronique qui couine, cerceaux à placer autour d'un axe, cubes multicolores à classer du plus petit au plus grand... Bref, les enfants de 1990 sont vite plus intelligents que la moyenne.

Motifs floraux, survêtements roses fluo ou coupe casque, le total family look !

Canal+, résolument moderne…

« Il faut être résolument moderne »

François Mitterrand voulait « changer la vie », selon les mots d'Arthur Rimbaud, poète qui semble décidément inspirer nos dirigeants. C'est une autre de ses formules qui fait florès au début de la dernière décennie du millénaire : « Il faut être résolument moderne. » Pour faire jeune, on taxe de « ringard » tout ce qui va à l'encontre de ce mouvement. Cette exigence touche tous les domaines : la culture bien sûr, où Jack Lang fait assaut d'audace avec la pyramide du Louvre, les colonnes de Buren, la BNF ; mais aussi l'économie, qui se défait de ses vieux oripeaux. Citroën abandonne la production de la 2CV, la Régie Renault devient une société anonyme, s'associe avec Volvo et désespère Billancourt en fermant son site historique de l'île Seguin en 1993. Des pans entiers de l'économie disparaissent définitivement avec la fermeture de la dernière mine de charbon du Nord-Pas-de-Calais en 1990, et de la dernière mine de fer française à Moyeuvre-Grande en 1993.
Quant aux PTT, ils deviennent La Poste. France Telecom se modernise, en dépit du tableau apocalyptique et ringardisant qu'en faisait le film Promotion canapé ; Antenne 2 et FR3 sont rebaptisées France 2 et France 3 et intègrent le groupe France Télévisions. Cependant, c'est Canal+ l'arbitre du bon goût télévisuel ! « Les Guignols » y décrètent ce qui est ringard et ce qui ne l'est pas. Entre autres choses, la cigarette et l'alcool deviennent ringards. La loi Évin est une petite révolution : elle interdit la consommation de ces deux drogues légales dans les lieux de travail collectifs et dans les transports, ainsi que la publicité en leur faveur. Cela n'empêche pas les parents de fumer en papotant pendant les spectacles de fin d'année. Il va falloir de la pédagogie pour les rééduquer ! Les vieux symboles de la nation se voient emportés dans le même tourbillon : on discute du « sang impur » de la Marseillaise et des couleurs du drapeau français, qui devrait devenir bleu, blanc, vert selon Jean-Louis Aubert. De violents débats s'engagent autour de la réforme de l'orthographe, qui sera finalement adoptée a minima. Ce qui ne m'arrangera guère au cours de mes études ! Finalement, « la tradition, ça a du bon », comme le martèle une publicité pour une grande marque de salaisons…

Le sport est devenu un spectacle total.

Jeux d'Albertville : la Savoie en ébullition

1992, Albertville accueille les Jeux olympiques. C'est l'occasion de réveiller de belles endormies : Chambéry, Aix-les-Bains et Annecy se modernisent pour illustrer la nouvelle prospérité de la région Rhône-Alpes, accessible en TGV depuis quelques années et portée par le tourisme et les industries chimiques.
La France innove avec une cérémonie d'ouverture exceptionnelle qui fera date par son originalité et inaugurera une série de mises en scène à grand spectacle. Philippe Decouflé, qui a déjà organisé les cérémonies du bicentenaire de la Révolution, s'en donne à cœur joie en Mondiovision. Côté pistes, la France brille pendant toute la première semaine, avant qu'une inexplicable poisse ne vienne plomber la deuxième.

Les athlètes français n'ont pas que des médailles autour du cou.

Le bateau sur le sable, c'est plus sûr !

Enfants de l'Europe

Notre horizon déjà vaste s'élargit encore avec la signature des accords de Schengen en 1992 : nous pourrons bientôt circuler en Allemagne et au Benelux sans restriction. On démantèle les postes frontières. Alors qu'il fallait quelques années auparavant moult autorisations pour entrer à Berlin-Est, une bonne

Le « oui » l'emporte de justesse....

Twingo suffit désormais pour découvrir la Pologne. Quant au Royaume-Uni, s'il rejette Schengen, il accepte de ne plus être une île : le tunnel sous la Manche ouvre en juin 1994. Entre-temps, la vieille CEE est devenue l'Union européenne et marche vers l'unification. Tout le monde croit à l'Europe, sauf dans les urnes où le référendum de Maastricht se solde par une courte victoire des partisans du « oui ». Débats intenses à la télévision, mais unanimité dans ma famille savoyarde : fini les heures d'attente à la douane du Mont-Cenis, on me baladera à Suse ou à Turin en poussette bien plus facilement dans une Europe ouverte ! L'Espagne devient une autre destination privilégiée pour les consommateurs français touchés par la crise...

La galaxie AB productions

Un phénomène qui a déjà bouleversé la télévision américaine dans les années 1980 va toucher la France avec un effet retard qui en multipliera l'ampleur : le sitcom. Ce type de série fondé, comme son nom l'indique, sur le comique de situation, déferle en France via le « Club Dorothée ».
Comme on n'est jamais si bien servi que par soi-même, ce sont (Jean-Luc) A(zoulay) et (Claude) B(erta), les producteurs dudit club, qui écrivent et produisent ces sitcom à la sauce française. La recette se révèle indigeste au possible.
Les Musclés sont les premiers demi-héros de cette période. Musiciens (sic) de Dorothée, ils vivent d'improbables non-aventures où il est question de dragouiller des jeunes filles avec l'aide d'une extra-terrestre au physique surprenant, l'impayable Hilguegue. Les enfants adorent.
Premier spin-off : la nièce d'un des musclés, Justine, devient l'héroïne de « Premiers baisers ». Premier carton, aussi : une bande d'ados fréquentant un collège en carton et une cafétéria des années 1950 (le très couru Alfredo's) vivent leurs premières affaires de cœur pastel. On en imagine donc un deuxième : Hélène, la grande sœur de Justine, devient « Hélène et les garçons », où une bande d'ados fréquentant une fac en carton (la fameuse Paris XIV, sic !) et une cafétéria pastel passent leur temps à se bécoter et à répéter des morceaux de rock endiablés. Carton monumental : Hélène est une star, Cri-cri d'amour crève l'écran (il chantera avec succès le mémorable Pousse petit vent, *un morceau aussi rock que la série), Nicolas, José, Béné, Laly, deviennent les meilleurs amis des actionnaires de TF1. Les commentateurs les plus austères se fendent de comparaisons avec le cinéma d'Éric Rohmer. AB devient une vraie entreprise avec d'autres séries débitées à la chaîne : « Le Miel et les Abeilles », « Les Vacances de l'amour », « La Philo selon Philippe »... Heureusement pour eux, certains enfants de 1990 sont privés de télévision !*

Ceux à qui toute la société tourne le dos.

Enfants de la crise

Résultat des courses, James Bond, les Vopos, les douaniers belges et les capitaines de ferry pointent au chômage ! Malheureusement, ils ne sont pas les seuls. Le second septennat de François Mitterrand s'enlise dans le chômage de masse. La crise est durablement installée : mes parents la connaissent depuis leur adolescence et ont visiblement appris à vivre avec. Un terme fait son apparition à ma naissance : « SDF ». Cette figure nouvelle et inquiétante remplace le sympathique clochard, anarchiste et gouailleur, qui avait « choisi » ce mode de vie. Au début des années 1990, le SDF devient l'une des principales figures de la précarité. La presse diffuse les récits de cadres supérieurs pris dans la spirale du chômage et du surendettement au point de se retrouver à la rue. Le cinéma en fait des comédies un peu sombres : Gérard Jugnot endosse le rôle d'un SDF dans *Une époque formidable* en 1991, tandis que Coline Serreau porte un regard doux-amer sur les idéaux oubliés de la gauche

La famille, une valeur sûre !

avec *La Crise*. La réalité est moins drôle : 15 morts à Paris pendant l'hiver 1993, la France entre en récession pour la première fois depuis 1950. Les années 1980 sont bel et bien finies.

Si la création du RMI en 1988, puis de la CSG en 1990, permettent d'accompagner le phénomène et de doter sa prise en charge de ressources supplémentaires, la machine est véritablement grippée. L'État commence ainsi à se reposer sur des initiatives privées et des associations comme les Restaurants du Cœur, reconnus d'utilité publique. L'ambiance se dégrade nettement à partir de 1993 : les affaires politico-financières minent le pouvoir et obligent à prendre des mesures drastiques, notamment sur

Une luge *made in RDA*.

le financement des partis politiques. Avec l'affaire du sang contaminé, les révélations sur le passé supposément pétainiste du Président Mitterrand, le suicide de son Premier ministre Pierre Bérégovoy et l'affaire OM-VA, qui signe la fin de l'irrésistible ascension de Bernard Tapie, le golden-boy des années 1980, l'ambiance devient franchement exécrable. Heureusement pour les enfants de 1990, le gouvernement socialiste de Michel Rocard mise beaucoup sur la jeunesse !

De notre côté, nous misons sur une valeur cardinale : la famille. J'y tiens une place particulière puisque je suis l'aînée de la jeune génération et trône au milieu d'une tribu qui, à elle seule, gonfle les statistiques de la densité de population en milieu rural. Progrès de la médecine oblige, mon arrière-grand-mère est encore en vie, ainsi que mes quatre grands-parents. Je pourrai aussi compter sur mes nombreuses tantes et innombrables cousines pour me prêter skis et combinaisons. Bien que l'entraide ait aussi ses limites, comme des combinaisons démodées et des luges hors d'âge..

On eût pu souhaiter que l'entreprise remporte moins de succès.

1993-1995

À l'école maternelle

Il faut partager son père.

Le temps des changements

Les enfants de 1990 sont les enfants du krach immobilier. Après avoir atteint des sommets, les prix des logements se stabilisent à partir de 1991, même si les taux d'intérêt restent rédhibitoires. De toute façon, le temps où on

Chronologie

29 mars 1993
Deuxième cohabitation. Début du gouvernement Édouard Balladur.

15 avril 1993
Le CSP Limoges (basket-ball) devient le premier club français à devenir champion d'Europe, tous sports confondus.

1er mai 1993
Suicide de l'ancien Premier ministre Pierre Bérégovoy.

13 mai 1993
Affaire de la maternelle de Neuilly : Érick Schmitt prend une classe d'école maternelle en otage à Neuilly-sur-Seine, puis est abattu par le RAID.

26 mai 1993
L'Olympique de Marseille devient championne d'Europe de football.

23 février 1994
Yann Piat, députée UDF (ex-FN) du Var, est assassinée à Hyères par deux hommes à moto.

6 mai 1994
Inauguration du tunnel sous la Manche.

14 août 1994
À Khartoum, la DST parvient à capturer le terroriste Ilich Ramírez Sánchez (dit Carlos), puis à le faire extrader vers la France.

26 décembre 1994
Un commando du GIA détourne un avion qui s'était envolé d'Alger.

30 mars 1995
Inauguration de la Bibliothèque nationale de France (BNF), conçue par l'architecte Dominique Perrault, dans le XIIIe arrondissement de Paris.

7 mai 1995
Élection de Jacques Chirac à la présidence de la République française (52,8 %) contre Lionel Jospin.

25 juillet 1995
Attentat meurtrier à la station de RER Saint-Michel, commis par des islamistes algériens.

15 novembre 1995
Annonce du « plan Juppé » de réforme de la Sécurité sociale. Dans les jours qui suivent, un mouvement social de grande ampleur paralyse le pays.

5 décembre 1995
La France réintègre le commandement de l'Otan.

Il faut même partager le Père Noël…

s'achetait une maison pour la vie est fini : les déménagements réguliers sont entrés dans les mœurs. On hésite moins à changer de quartier, de ville et de vie. Ma génération est nomade. De temps à autre, on apprend que telle copine est partie avec ses parents à Nantes, Lyon ou Montpellier, la destination phare du moment. Pour nous, fini le petit jardin à Boulogne et l'appartement en rez-de-chaussée : nous nous installons dans le Xe arrondissement de Paris, dans un quartier populaire et vivant.

L'école maternelle, un lieu de créativité !

Parfois, les déguisements font surtout plaisir aux parents...

L'année 1993 est aussi celle de notre entrée en maternelle. La mienne est publique, mixte et accueille différentes catégories sociales. On appelle la maîtresse par son prénom, Hélène. Au programme, de la créativité ! Je suis vive, mais brouillonne et pas très douée en dessin, qui reste l'activité principale en maternelle – ou presque ! On privilégie aussi beaucoup l'oral et l'apprentissage des règles de vie entre petits. Parfait pour moi, qui ne serai bientôt plus enfant unique. Tout commence par une surprise : alors que je suis restée chez mes grands-parents après Noël, je découvre à mon retour un nouvel occupant dans la maison – ou plus précisément, dans ma chambre, où on a installé son berceau. Comme dans les livres que ma mère dévore à l'époque, je fais des crises de jalousie, je me colle à elle, je simule d'horribles douleurs qui nécessitent qu'on s'occupe de moi. Ça ne sert à rien, mais au moins j'attire l'attention ! Heureusement, on s'intéresse alors à la psychologie de l'enfant et on est ouvert au dialogue. Du coup, quand mon deuxième petit frère arrive pour mes 5 ans, je suis rodée…

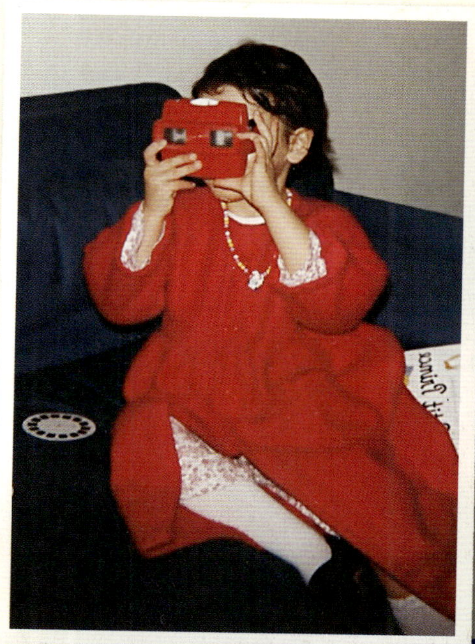

Les parents ne sont pas là, séance cinéma !

Génial, mes parents travaillent !

Pourtant, tous ces bébés dans une France où on en fait moins qu'avant, c'est un véritable parcours du combattant ! Avec une heure de trajet aller et une heure de trajet retour tous les jours, ma mère a du mal à concilier travail et vie de famille. Le soir après l'école, c'est une jeune fille qui vient me chercher. On va un peu au square, puis on reste à la maison jusqu'au retour de mes parents, vers 19 heures. Le mercredi, c'est centre de loisirs toute la journée. Même chose l'été, avec des variantes pleines d'aventures, comme l'année de mes 4 ans où nous partons camper une semaine… dans le bois de Boulogne !

Au quotidien, faire garder ses enfants est visiblement un souci majeur. D'autant que les parents ne renoncent pas complètement à sortir et à profiter de la vie culturelle parisienne ! Parfois, on nous confie à des baby-sitters plus ou moins professionnels qui se laissent déborder par notre petite tribu bien dégourdie. Du reste, nous nous organisons entre voisins et voisines avec qui nous formons déjà une véritable bande organisée.

La classe américaine.

Worlds Apart, des beaux gosses pour tous les goûts…

Les boys bands

« Le feu ça brûle et l'eau ça mouille / tous les oiseaux volent dans le ciel. » Les paroles de la parodie de Charlie et Lulu, les deux sémillants animateurs du « Dance machine » de M6, laissent peu de place au doute : ce qui attire les millions de fans des boys bands au milieu des années 1990, c'est moins la profondeur de leur message que la plastique parfaite de leur corps bodybuildé et la frénésie de chorégraphies rivalisant de punch. Des producteurs avisés flairent la tendance et créent de toute pièce une ribambelle de groupes pour petites (et grandes) filles hystériques. La recette est simple : prenez trois ou quatre beaux gaillards, équilibrez le tout avec un blond, un brun, un métis, un musclé, un sensible et un sympa, ajoutez boîte à rythmes et refrains entêtants, enrobez le tout d'un clip mettant en valeur les jeunes messieurs, produisez, remixez, c'est prêt. Tels des plats préparés qu'on réchauffe au micro-ondes, ces groupes pour filles se consomment sur place, rapidement, et sont oubliés aussi vite. En France, 2Be3, Alliage, Boyzone, O-zone, Take That, Worlds Apart ou les inénarrables G-Squad se taillent la part du lion. Seuls quelques-uns de leurs membres, comme Robbie Williams, comprennent qu'il faut sauter du train en marche et passer à autre chose. Les petites filles de 1990 grandiront elles aussi.

Pas rassurée chez Mickey…

Par ici les sorties !

Heureusement, il reste les week-ends et leurs sorties. Nous allons plus particulièrement au Jardin d'acclimatation où le Dragon, un grand 8 pour enfants, me fascine avec ses couleurs chatoyantes, et où les glaces déformantes m'hypnotisent. Mais ce qui me plaît le plus, ce sont les animaux : j'adore notamment donner du pain aux chèvres de la ménagerie. Il faut dire que je ne manque pas d'expérience en matière rurale, car j'ai la chance d'avoir des grands-parents à la campagne : avec mon grand-père, nous allons à la ferme de madame Métral voir les lapins, les poules et le cheval de Mariline, la petite-fille de madame Métral, qui est si beau et s'appelle Princesse !

J'aime aussi le zoo de Vincennes et le Jardin des plantes pour ses squelettes de baleines et de dinosaures au musée d'Histoire naturelle, mais aussi pour son bébé orang-outan, qui avait le même âge que moi et avec lequel nous nous sommes regardés grandir.

Je ne suis pas encore assez mûre pour Arte, la chaîne culturelle franco-allemande qui vient d'être créée en 1992, mais je suis « C'est pas sorcier », « Les Minikeums », « Oui-oui au pays des jouets », « Le Bus magique », « Fort boyard », « La Carte au trésor » et « E=M6 » avec passion. Les programmes éducatifs ou pseudo-éducatifs se multiplient et j'en profite à plein : découverte de la vie des forêts avec le Père Castor, connaissance du far-west avec le docteur Quinn, femme médecin, voyages autour du monde avec Tintin en dessin animé... Les enfants de 1990 sont des enfants de la télé.

Génération Y.

Le temps des menaces

La sécurité, elle, n'est pas notre souci. Les parents de l'époque ont baigné dans les années 1980, où se méfier de l'autre était du dernier « ringard », et ils cultivent un style ouvert, cosmopolite et bienveillant. Pourtant, le climat se dégrade rapidement.

Si l'école était un sanctuaire, elle devient le théâtre d'un fait divers qui tétanise tous les parents de France : Érick Schmitt, dit « Human Bomb » prend une classe d'école maternelle en otage à Neuilly-sur-Seine. Nicolas Sarkozy, alors maire de Neuilly, négocie avec le preneur d'otages et ressort de l'école avec un enfant dans les bras. Voilà un jeune homme politique qui se préoccupe autant de la sécurité de ses administrés que de son image : un présidentiable est né…

Alors que la France s'était apaisée, elle tombe à nouveau sous la menace terroriste. Les attentats se multiplient au milieu des années 1990 : un commando du GIA détourne un avion parti d'Alger dans le but de le faire s'écraser sur la tour Eiffel. À l'aéroport de Marseille, le GIGN réussit à reprendre le contrôle de l'avion, événement restransmis quasiment en direct à la télévision. Quelques mois plus tard, une vague d'attentats islamistes frappe la capitale, à la station RER Saint-Michel, place de l'Étoile (8 morts), sur l'avenue d'Italie à proximité du métro Maison blanche et entre les stations RER du musée d'Orsay et Saint-Michel. Le 3 octobre 1996, un attentat à la station RER Port-Royal fait 4 morts et 170 blessés. La France est sous le choc et Paris, « sous les bombes », comme le chante le groupe de rap NTM. Sale ambiance.

Le tube de l'été

On a longtemps cherché un sens aux années 1990, des années grises, voire moroses. À défaut de cohérence ou d'une idéologie, elles nous ont laissé les tubes de l'été. Cette litanie prospère de succès programmés est un concept 100 % marketing, parfois relayé par des marques de boissons gazeuses soucieuses que la pulpe ne reste pas en bas et que le moral des masses remonte.
La Lambada *inaugure le genre en 1989. Comme on aura bientôt la série française de l'été, on a désormais le tube de l'été, festif, coloré, qui se danse en short à motifs cashmere et banane autour de la taille. La recette est aussi élémentaire qu'imparable : des mélodies rythmées, des ambiances tropicales, des clips ensoleillés où de belles métisses lascives ondulent comme des serpents. Qui n'a pas dansé sur la* Soca Dance, Dam Dam Deo, 1,2,3 *de Ricky Martin,* Alane, Yakalelo, Pata Pata *et l'inévitable* Macarena *de Los del Rio en 1996 ?*
La Macarena, *c'est surtout une chorégraphie de Mia Frye que tout enfant de 1990 connaît sur le bout des doigts : allonger chaque bras, retourner chaque main paume vers le haut, croiser les bras, poser les mains derrière la tête, croiser les mains sur les hanches, poser les mains sur le bas du dos, bouger le bassin, faire un quart de tour, recommencer…*
On danse La Macarena *dans* Shrek, *le docteur Denfer danse* La Macarena *dans Austin Powers pour montrer à son fils à quel point il est moderne... Même le prince Albert se fend de quelques pas de danse à l'occasion d'un gala de charité monégasque…*

La France est paralysée mais la vie ne s'arrête pas pour autant !

Je lutte donc je suis

Entre-temps, nous nous sommes vus dotés d'un nouveau président de la République. Élu en 1995 face à Lionel Jospin, Jacques Chirac entend réformer la France, notamment sur la question des retraites. Les Français vivent en effet de plus en plus vieux.

Le 15 novembre 1995, le Premier ministre Alain Juppé dévoile son plan sur les retraites et la Sécurité sociale : les cotisations sont allongées de 37,5 à 40 annuités pour les salariés de la fonction publique, les frais d'hôpitaux et les cotisations maladie pour les retraités et les chômeurs augmentent, tandis qu'un certain nombre de médicaments ne sont plus remboursables. Peut-être nécessaire, mais pas populaire ! Dès sa présentation, le plan de réforme se heurte à l'hostilité de l'opinion publique.

Un vaste mouvement de grève paralyse bientôt le pays. Le lundi 27 novembre 1995, les cheminots en grève sont rejoints par la RATP, puis par la Poste et France Telecom. L'activité de la SNCF et de la RATP ne reprendra pas avant trois semaines. Pourtant, les Français continuent d'aller travailler, au prix parfois de plusieurs heures de bouchons. Le 12 décembre marque l'apogée du

On disait que toi t'étais le papa, et moi la maman ?

mouvement, avec deux millions de manifestants. Quoiqu'Alain Juppé affirme rester « droit dans ses bottes », l'opinion publique soutient le mouvement et, le 15 décembre, le gouvernement retire sa réforme sur les retraites, la fonction publique et les régimes spéciaux (SNCF, RATP, EDF). Un sommet social se tient à Matignon le 21 décembre, concluant un mois d'agitation sociale en France et signant une défaite pour Alain Juppé.

Une après-midi d'enfer devant la Sega Master System flambant neuve !

1996-2000

À l'école primaire

De nouvelles méthodes

Si la démocratisation de l'enseignement supérieur orchestrée dans les années 1980 est désormais bien engagée, pour beaucoup de pédagogues, l'école reste une usine. Comment massifier tout en personnalisant l'apprentissage ? Vaste question que se pose le gouvernement Jospin, issu des élections législatives remportées par la majorité plurielle en 1997. Dis, dessine-moi une pédagogie à visage humain, demanda le Petit Prince de 1990 :

« La pédagogie nouvelle s'appuie sur une conception philosophique de l'enfant inséré dans son milieu, à la fois physique et social. Ses pratiques incluent une éducation morale globale et visent le développement de toutes les potentialités personnelles (intellectuelles, manuelles, affectives, artistiques, corporelles, etc.). Elles poursuivent également l'apprentissage de la vie

Chronologie

8 janvier 1996
Décès de François Mitterrand.

18 mars 1996
Occupation à Paris de l'église Saint-Ambroise par 300 Africains « sans-papiers » demandant leur régularisation.

19 septembre 1996
Visite en France de Jean-Paul II à l'occasion de la célébration du 1 500e anniversaire du baptême de Clovis.

10 mai 1997
Le champion du monde d'échecs Garry Kasparov est battu par le superordinateur d'IBM nommé « Deep Blue ».

1er juin 1997
Victoire de la gauche plurielle lors des élections législatives anticipées. Lionel Jospin devient Premier ministre.

31 août 1997
Mort de Lady Di dans un accident de voiture à Paris.

8 novembre 1997
Suspension de la conscription en France, remplacée par la JAPD, Journée d'appel de préparation à la défense.

12 juillet 1998
La France bat le Brésil lors de la finale de la 16e Coupe du monde de football 3 buts à 0. La France est championne du monde de football pour la première fois.

24 mars 1999
Très grave incendie dans le tunnel du Mont-Blanc.

13 octobre 1999
Après un an de débats et de manifestations, la gauche fait adopter son Pacte civil de solidarité (Pacs).

12 décembre 1999
Le pétrolier *Erika* sombre au sud de la pointe bretonne et entraîne une catastrophe écologique majeure.

26 et 28 décembre 1999
Les tempêtes Lothar et Martin causent d'importants dégâts: plus de 90 morts, 6 milliards de francs d'indemnités versés par les assurances, 1 million d'hectares de forêts ravagés.

25 juillet 2000
Un *Concorde* avec 109 personnes à son bord s'écrase à Gonesse, près de l'aéroport Paris-Charles-de-Gaulle.

Lionel Jospin vote pour une nouvelle pédagogie !

en commun, de la coopération entre élèves, de l'élaboration et de l'application des règles collectives. »

Au CP, l'enseignant est incité à passer par le jeu, les expériences sonores, la créativité de l'élève. Mieux encore, l'élève n'est plus un contenant qu'un maître omniscient remplit de son savoir. L'élève est placé au centre de la construction des savoirs. Il ne doit plus subir, mais coopérer. On favorise l'autonomie, le travail de groupe... au mépris

parfois des règles d'orthographe, ce dont mes enseignants ne s'alarment guère. Je suis d'ailleurs studieuse, appliquée et bonne élève, sauf en dictée. Hormis quelques bavardages bénins, mes parents signent sans souci mon bulletin qui se présente sous la forme d'un livret en carton dont la couleur varie selon la section. Rapidement, ils m'accordent leur confiance et ne vérifient carnet de correspondance et cahier de textes que pour la forme.

Voilà qui aurait presque pu boucher le port de Marseille !

De la cré-a-ti-vi-té !

Pour les enfants de 1990, à l'école, on met avant tout l'accent sur la créativité. On apprend en jouant, on résout des problèmes concrets avec son imagination, on s'adonne à des travaux manuels et à des jeux de construction. Ce grand mouvement d'expérimentations graphiques, sonores et corporelles est encouragé par le développement des enseignes de loisirs créatifs, qui essaiment dans les zones d'activité commerciale dont les produits vedettes (feutres à paillettes, ciseaux crantés) permettent de personnaliser cahiers Poivre blanc et agendas Chevignon. Il est aussi nourri par la multiplication des ateliers

Titeuf, le roi de la cour d'école.

créatifs de théâtre, de danse et d'arts du cirque, dans ces années où le spectacle vivant prend un nouvel essor.

Ce qui me plaît le plus, c'est la poésie, un beau moyen de découvrir notre langue et d'apprendre à l'utiliser. Nous devons en réciter une par semaine : l'apprentissage devient un rituel du week-end. Je récite « La Fourmi » de Robert Desnos, du Jacques Prévert, des fables de La Fontaine... Les enfants de 1990 ont confiance en eux et bravent sans souci le regard des autres. Moi encore plus que les autres !

La lecture nourrit l'imagination et est donc fortement encouragée. Pour nous, la lecture, c'est d'abord Titeuf. Nous nous souvenons tous des premières aventures que nous en avons lues. On les emprunte alors à la bibliothèque

Oui oui, mesdames
et messieurs : du tricot.

de l'école : enfin une BD facile et drôle qui nous change des aventures de Tintin. Titeuf répond aussi aux questions « existentielles » des préados que nous sommes : comment sortir avec quelqu'un ? Comment embrasser avec la langue ? Pourquoi nos parents sont-ils toujours sur notre dos ?

Must parmi les musts, le *Guide du zizi sexuel* est une sorte d'encyclopédie de la sexualité pour les jeunes. Je me souviens de mon oncle offrant ce guide à mon frère de 9 ans pour Noël. Ma grand-mère, offusquée, s'est empressée de le cacher !

Pâques, plus politiquement correct
que le zizi sexuel de Titeuf !

Dur de ne pas connaître la fin…

Titanic, le film-culte

Rien ne prédestinait le film Titanic *à entrer dans l'histoire du cinéma. Enième film-catastrophe sur le sujet, cette production gigantesque aboutit à une fresque de trois heures quinze pour un budget de 200 millions de dollars. En outre, les critiques sont mitigées à la sortie et les professionnels de la profession, comme Robert Altman, ne se privent pas de dire qu'ils n'ont « jamais vu pire film ». Pourtant, l'impensable se produit : le film enthousiasme le public. Le jeune Leonardo DiCaprio – c'est son premier grand rôle – crève littéralement l'écran. Partout dans le monde, le verdict est le même : le film bat tous les records d'entrées aux États-Unis comme en Europe, y compris en France où la barre mythique des 20 millions de spectateurs est franchie. Le vieux record de* La Grande Vadrouille *est battu. Tous mes parents, oncles, tantes et grands-parents l'ont vu au moins une fois.*
Pourquoi un tel triomphe ? Les médias y vont de leur analyse : premier film au succès mondialisé, le naufrage qu'il relate évoque de façon métaphorique un monde occidental prospère qu'une catastrophe pourrait ruiner. Il aborde aussi frontalement les rapports sociaux : les plus riches sont sauvés du naufrage tandis que les passagers de troisième classe sont enfermés à fond de cale pour faire passer le manque de canots inaperçu…

Et des jeux traditionnels…

Heureusement pour nos aînés, dépassés par la modernité ambiante dans laquelle nous nous ébattons avec plaisir, les jeux traditionnels refont surface. Qui aurait parié un kopeck, dans les années 1980, sur le come-back du jeu de construction en bois, des cerceaux et des trottinettes ? À l'heure des consoles Sega et Nintendo, de la Playstation et de la Gameboy, mais aussi de l'électronique bon marché, les vieux jouets opèrent un retour remarqué dans les rayons. Gageons que la nostalgie de nos bobos de parents

Le hula hoop, un come-back inattendu.

a dû jouer à plein dans ce mouvement étrange de l'histoire. Toujours est-il qu'à l'orée du XXIe siècle, tout enfant de 1990 a réclamé une trottinette. Tout le monde doit alors en avoir une : il y a les simples en métal et les « luxe » avec un socle en plastique coloré extrêmement solide. La mienne est orange. Pour les montrer à nos copains, on vient avec à l'école et on les accroche à la grille – c'est totalement interdit de les apporter en classe ou dans la cour de récré.

Tout aussi inexplicable, la mode du hula hoop a déchaîné les passions à la fin des années 1990. Nous nous serions damnés pour ces cerceaux au goût du jour, fluo, multicolores, sonores. Je me souviendrai toujours du jour où, à la sortie de l'école, j'ai aperçu ma mère qui m'attendait avec rien moins que « le supercerceau argenté dernière génération », rempli d'eau pour une utilisation optimale et des performances de haut niveau…

Elle est pas tip-top, la vie dans les années 1990 !?

Bon les amis, vous pouvez arrêter de copier sur moi ?

Harry Potter

Chaque génération d'intellectuels en aura fait le constat amer : les jeunes ne lisent plus. Ce phénomène inquiétant perdure d'ailleurs depuis si longtemps qu'il est étonnant qu'autant de livres continuent de se vendre !
En réalité, chaque génération a son roman culte. Les enfants de 1990 ont même droit à une saga. Le phénomène Harry Potter débarque en France en 1998. Le premier tome, Harry Potter à l'école des sorciers, *raconte l'histoire d'un jeune garçon à lunettes qui intègre une école de sorciers où il apprend les rudiments de la magie. Rien de très excitant à première vue. Pourtant, le phénomène aura tôt fait de prendre de l'ampleur : de nombreux jeunes déguisés et surexcités font déjà la queue devant les grandes enseignes de librairies le matin de la parution du livre. Certains sont de vrais fans qui s'habillent Harry Potter, se coiffent Harry Potter et intègrent le vocabulaire potterien à leur propre language. Même les « moldus » dévorent les différents tomes de cette saga au fur et à mesure de leur traduction. En attendant le tome suivant, les films Harry Potter nous tiennent en haleine et ouvrent grand la porte à d'autres sagas, anciennes ou nouvelles :* Le Seigneur des anneaux, Millenium, Twilight...

Créateur de saltos de Victor Hugo dans sa tombe.

Les comédies musicales

Le genre n'est pas nouveau, loin de là. Mais il n'a jamais vraiment percé en France, pays de l'opérette. Certes, la génération de mes parents a eu droit à Starmania, mais la comédie musicale est tombée en désuétude depuis les années 1980. Et ce n'est pas ce nouveau spectacle intitulé Notre-Dame-de-Paris *qui va changer la donne. À moins que…*
Tout commence à la radio, avec le trio formé par Daniel Lavoie, Garou et Patrick Fiori qui vocalise sur Belle, *une chanson dédiée à l'Esméralda de Victor Hugo, jouée sur scène par Natasha St-Pier et Hélène Ségara. Le duo Richard Cocciante/Luc Plamondon a frappé fort.* Le Temps des cathédrales *passe en boucle à la radio, et le spectacle est bientôt programmé au Palais des congrès à Paris. Succès qui entraînera dans son sillage* Les Dix Commandements *avec Pascal Obispo,* Roméo et Juliette, *et tant d'autres… Le flop de* Cindy *marquera un premier coup d'arrêt à ce genre, qui reste une référence pour les enfants de 1990.*

… ou presque !

Avec de tels loisirs, on peut facilement annoncer à nos parents et grands-parents que nous jouons aussi aux cartes. Mais nous ne parlons ni de belote, ni de bridge. Pour les enfants de 1990, une carte, c'est forcément une carte Pokémon. Ces mystérieux petits animaux de poche (« Pokémon » vient de « Pocket Monsters ») aux pouvoirs étonnants constituent un bestiaire amical et affectueux où la jaune souris électrique Pikachu tient la vedette : figurines, peluches, dessins animés, jeux, t-shirts, chaussettes, slips. Tout est repeint aux couleurs des Bulbizar, Salamèche et autres Carapuce. Mais ce sont surtout les cartes Pokémon qui déclenchent l'hystérie : tout le monde a son Deck de cartes, garçons et filles. On dépense des fortunes à la Fnac ou chez Virgin pour en acheter de nouvelles qu'on peut toujours échanger, quand on les a en double. On apprend les rudes règles de la négociation, du business et… de l'arnaque ! Qui sait si ce ne sont pas les nombreuses injustices dont j'ai été témoin qui m'ont donné l'envie à l'époque de devenir commissaire. À moins que Navarro, Julie Lescaut et Alice Nevers n'aient une responsabilité dans cette vocation précoce !

Et l'hiver, on s'éclate en bob !

Et 1, et 2, et 3-0 !

Comment une équipe balbutiant son football un an avant la compétition, dans un pays sceptique, dont les journaux disent pis que pendre du sélectionneur national, peut-elle devenir championne du monde, dans une liesse qu'on n'avait pas vue depuis 1945, en battant la meilleure équipe du monde par 3 buts à 0 ?

Tout Français se souvient de ce qu'il a fait le 12 juillet 1998.

Le 12 juillet 1998, Zidane emmène pourtant bien les Bleus sur le toit du monde grâce à une victoire 3 buts à 0 contre le Brésil dans un Stade de France flambant neuf. Tout au long de la compétition, la ferveur patriotique née autour de l'équipe de France monte de plusieurs crans à chaque match. Le jour de la finale, le bus des joueurs est accompagné par une foule en liesse, au point qu'Aimé Jacquet, le sélectionneur, craint de ne jamais pouvoir rallier le stade. Les drapeaux tricolores ressortent des greniers. Jacques Chirac lui-même endosse un maillot tricolore floqué à son nom en dépit du protocole, et vit chaque match en bon supporter. Tout le monde chante *I Will Survive* et les hommes deviennent fiers de leur calvitie en adoptant le « look Barthez ». Soudain, tout est possible…

Une victoire historique donne le signal d'un été de liesse populaire.

2001-2004

Les années collège

« Chacun aura son quart d'heure de gloire »

Ça commence comme une blague et ça se termine en véritable phénomène de société. Le 26 avril 2001, M6 diffuse les premières images d'une émission inédite, « Loft story ». L'idée ? 12 célibataires sont enfermés dans un loft de la Plaine Saint-Denis en région parisienne, surveillés 24 heures sur 24 par des caméras omniprésentes. Le but ? On ne le saura jamais vraiment. Toujours est-il qu'en quelques heures, le buzz devient gigantesque. À l'école, on ne parle que de ça ; les adultes et les journaux aussi. Rapidement, chacun approuve ou réprouve, aime ou déteste, s'identifie ou pas. Un mur de Berlin s'érige dans la classe entre ceux que leur famille autorise à regarder cette émission et ceux, dont je fais partie, dont les yeux innocents sont préservés des jeux d'eau de Loana. Quoi qu'il en soit, je suis tenue au courant de tout par mes camarades de classe et par les gros titres des revues people,

Chronologie

11 septembre 2001
Double attentat au World Trade Center.

21 septembre 2001
Explosion de l'usine AZF à Toulouse. 30 morts et environ 2 500 blessés.

6 octobre 2001
Premier match de football entre la France et l'Algérie. *La Marseillaise* est sifflée. Le match est interrompu à un quart d'heure de la fin suite à l'envahissement du terrain par une partie du public.

17 décembre 2001
Vente de kits de pièces en euros.

26 mars 2002
Richard Durn, un forcené, tue huit membres du conseil municipal de Nanterre avant d'être maîtrisé.

21 avril 2002
Premier tour de l'élection présidentielle française. Jacques Chirac et Jean-Marie Le Pen accèdent au second tour. Le candidat du PS, Lionel Jospin, est éliminé avec 16,2 %.

14 juillet 2002
Un militant d'extrême-droite, Maxime Brunerie, tente d'abattre le président de la République lors des cérémonies de la fête nationale.

21 septembre 2002
Congrès fondateur de l'UMP (Union pour un mouvement populaire).

9 janvier 2003
Disparition d'Estelle Mouzin. L'affaire suscite une vive émotion à travers le pays et une importante couverture médiatique.

22 janvier 2003
Le Président français Jacques Chirac et le gouvernement Villepin se disent fermement opposés à la guerre des États-Unis contre l'Irak.

Août 2003
Canicule en Europe.

27 novembre 2003
En France, 30 000 étudiants manifestent pour le retrait de la réforme LMD (licence, master, doctorat).

4 février 2004
Le réseau social Facebook est créé.

27 décembre 2004
Au lendemain du tsunami en Asie du Sud-Est, un élan de solidarité mondial vient en aide aux sinistrés.

Une génération habituée à être photographiée du matin au soir !

qui font leurs choux gras des péripéties sexuelles et morales de cette génération douée pour ne rien faire au bord d'une piscine, en attendant une célébrité artificielle.

Les journaux sérieux s'interrogent : ce jeu est-il le miroir d'une société sécuritaire ? Celle d'une jeunesse décomplexée, totalement rompue aux codes de l'image ? Est-ce grave, docteur ? Le psychologue engagé par M6 assure que non. On ne saurait remettre en cause une parole aussi neutre, en dépit des tentatives de suicide de Loana…

Toujours est-il que pour les enfants de 1990, la téléréalité, c'est normal. La multiplication des émissions du genre ne fait que le confirmer. On en a pour tous les goûts : té écrochets (« Star Academy », « Pop Stars », « Nouvelle Star »), aventure (« Koh Lanta », « Pékin Express »), inclassables (« Loft Story », « Nice People », « Secret Story »)... Ces fabriques à people et ces usines de recyclage de people (« La Ferme célébrités ») confirment aussi l'avènement d'une logique industrielle à la télévision.

Vedettes d'un jour…

Une jeunesse soulagée.

Le 21 mai 2002

Personne n'avait vu venir le coup. Sauf Jean-Marie Le Pen peut-être, qui déclarait au journal de 20 heures deux jours avant qu'il avait déjà réservé des salles pour ses meetings du second tour. Mais le leader du Front national faisait assaut de prophéties sur ses victoires depuis près de vingt ans. D'ailleurs, tout le monde annonçait depuis des mois un duel Chirac-Jospin.

C'est à la mine déconfite des présentateurs télé, vers 19 h 30, que tous commencent à comprendre. Puis, le résultat tombe comme un couperet : contre toute attente, Lionel Jospin est éliminé. Jacques Chirac affrontera Jean-Marie Le Pen. Tous les adultes se mettent à hurler : « inimaginable », « catastrophique », « horrible ». Ils rivalisent d'abord de superlatifs, puis cherchent des explications à l'inexplicable – les vacances parisiennes qui ont tenu une partie des Français loin des urnes, l'euro, le 11 septembre, les faits divers grossis par la télévision, la météo… Tout y passe. Mais le mot de la fin reste « Il faut absolument voter pour Chirac au second tour ! ».

Des manifestations monstres sont organisées dans l'entre-deux-tours, Jacques Chirac refuse même le débat traditionnel contre son adversaire, qui tient parfaitement son rôle de méchant. Chirac l'emportera finalement avec 82 % des suffrages…

Alizée, une jeune fille pas si rangée que ça…

Radio trash

Petite, j'utilisais le Walkman à cassettes de mon père pour écouter innocemment et en boucle une vieille cassette de Joe Dassin ainsi que des histoires enregistrées, comme celle de *Charlie et la chocolaterie* et les fameux tickets d'or.

Le temps des copines.

En 2001, changement de cap. On m'offre ma première chaîne hi-fi avec le single d'Alizée, *Moi, Lolita*, grand tube de l'époque. C'est le temps des premières boums : Ozone, Kyo, Eiffel 65, Daddy DJ, Las Ketchup, Carpaccio, Yannick, Lorie, Manau... J'écoute aussi du rap. Il faut dire que le genre s'est considérablement répandu avec NTM, Sniper, Booba, Roff, Disiz la peste ou MC Solaar. Les paroles sont crues et abordent les problèmes de notre génération.

La radio s'empare aussi de notre mal-être d'adolescent. Le soir, sur Fun Radio, Skyrock ou NRJ, les animateurs appellent un chat un chat. Certains aiment Max et ses délires nocturnes plus ou moins contrôlés, d'autres préfèrent

Un indicible mal-être.

le « Morning » de Mickaël Youn et son humour déjanté, d'autres encore, comme moi, sont des inconditionnels des « Filles du Mouv' », qui ont toujours de bons conseils à donner sur les problèmes qu'on rencontre à l'adolescence.

Le choc des civilisations

Mais les filles du Mouv' n'ont pas de solution à tout... et sûrement pas au terrorisme international qui frappe de plein fouet les États-Unis le 11 septembre 2001. Mon emploi du temps du collège me laisse alors libre le mardi après-midi : je suis chez moi avec ma mère quand une de ses amies, qui n'a pas la télé et dont le mari est en voyage à New York, appelle affolée.
Il y a de quoi. Elle a entendu parler d'attentat, d'avion, on ne comprend pas bien... Maman se précipite pour allumer la télévision et décrit ce qu'elle voit en direct : deux tours en feu, des gens horrifiés qui courent, la panique.
La même image passe en boucle sur les chaînes d'information : deux avions s'écrasent sur les Twin Towers de New York. C'est la première fois que je vois un attentat, la première fois que j'entends parler d'Al-Qaïda, la première fois que le mot « terrorisme » prend vraiment sens à mes yeux. Nous venons d'entrer dans ce qu'on a appelé le « choc des civilisations ».

Les États-Unis frappés en plein cœur.

S'ensuit un renforcement du plan Vigipirate, une augmentation des fausses alertes à la bombe et des colis suspects... Le vendredi suivant, une minute de silence est même organisée au collège, comme dans tous les collèges de France. Quelques mois plus tard, Madrid et Londres sont frappées à leur tour. Tout le monde pense à l'époque que la mondialisation n'a quasiment que des aspects positifs. Nous venons d'apprendre que la libre circulation des hommes et Internet peuvent nous apporter le pire.

Deux mecs pour six filles,
il va falloir la jouer stratégique.

La révolution du téléphone portable

Comme toute révolution, celle-ci commence par une époque glorieuse, celle du Bi-Bop. Au début des années 1990, ce premier téléphone portable français permet d'appeler ses amis… à condition de se trouver près d'une borne signalée par un autocollant bleu-blanc-vert ! À condition, aussi, d'investir 1 890 francs (soit 288,11 euros) dans l'achat du « téléphone », puis de payer un abonnement mensuel de 54,50 francs par mois (soit 8,31 euros) et des communications à 0,83 francs la minute (soit 0,13 euro). En ces temps glorieux, la concurrence faisait pourtant déjà rage !
Rapidement, les téléphones mobiles, dits « portables » ou « cellulaires », se développent, notamment le Nokia 3310 avec son formidable jeu Snake. Un long serpent formé de gros pixels mange des fruits en forme de pastilles et s'allonge d'autant. On le dirige avec les touches du portable, en évitant que la bestiole ne touche les murs ou ne se touche elle-même. Le suspense est aussi insoutenable que lors d'une partie de Tetris ou de casse-briques !
À l'adolescence, ce moyen de communication est déjà un « must have ». Il permet de prévenir les parents en cas de problème (voilà pour la caution), mais surtout de s'envoyer des SMS entre amis (voilà pour la réalité). Car si le portable offre la possibilité de téléphoner, il permet surtout de s'envoyer ces courts messages qu'aucun adulte ne comprend, à base de « mdr », « tkt », « tfk », « tg », « vdm ». Limitation du nombre de caractères oblige, toutes les abréviations et les innovations sont permises dans ce Short Message System que nous adoptons avec délice. À la stupéfaction de nos professeurs, qui retrouvent ces expressions ineptes dans nos copies. Ptdr !

Qui n'a pas joué au serpent sur son Nokia ?

Des mastodontes couleur crème envahissent les bureaux.

Culture geek

Au commencement était le Minitel. Les enfants de 1990 ont presque tous connu ce cube étrange sur lequel les grands tapotaient de temps à autre en se donnant des airs de ministre quand ils arrivaient à réserver un billet de train !

Puis vint Internet, et la lumière fut. Enfin, le crachouillis du modem 56k fut : un long chuintement modulé signalant que l'ordinateur familial se connectait au World Wide Web. Une véritable révolution dans les foyers. L'ordinateur lui-même a subi une cure de jouvence : au tournant de l'an 2000, il se présente avec un lecteur de disquettes, mais aussi un lecteur de DVD. Comble du modernisme, certains disposent d'une webcam, qui permet de montrer sa tête à son interlocuteur ! Combien coûte cet engin de la taille d'un réfrigérateur ? Environ 10000 francs…

Encore faut-il être client d'un fournisseur d'accès pour être connecté au monde ! Les premières offres sont minutées, avec des forfaits comprenant vingt ou quarante heures par mois. Résultat, on s'espionne en famille et on chronomètre l'utilisation du précieux réseau pour éviter les dépassements !

D'autant que les connections sont fragiles et le débit faible : il faut plusieurs minutes pour télécharger quelques secondes de vidéo ! En attendant le haut-débit, on utilise Caramail, MSN, Hotmail, Google déjà, puis les Skyblogs et Myspace pour communiquer.

En 2004, avec le début des offres Triple Play, Internet devient illimité. La révolution est en marche. La figure du geek, ce passionné d'informatique boutonneux et si possible à lunettes, a longtemps été brocardée dans les séries et au collège. Un informaticien, ça n'a rien de sexy... sauf qu'avec les FAI, la Ram, Le FTTH, l'ADSL et autres hotlines, le geek devient furieusement tendance. Capable de comprendre les messages d'erreur, de se faufiler dans les panneaux de configuration, d'activer des ports ou d'extraire des Zip, c'est un héros du XXIe siècle. Il fait figure d'aventurier – pour lui, tout problème se balaie d'un haussement d'épaule et d'un clic de souris. Sa phrase préférée : « Si tu avais installé des logiciels libres, tu n'aurais pas eu ce genre de problème. » Le geek est l'ami indispensable des enfants de 1990.

Il n'y a pas que les ordinateurs dans la vie !

Dans toute l'Europe, on fait la queue pour obtenir ses premiers euros !

« C'est l'heure de changer la monnaie »

Noir Désir le chante avec rage et dépit, mais pour ma génération, le passage à l'euro n'a jamais été qu'une opération technique consciencieusement travaillée en classe. 1 euro = 6,55957 francs. C'est toujours gravé dans ma tête. La maîtresse nous l'a fait répéter et re-répéter jusqu'à ce qu'on le sache par cœur. Dieu sait pourquoi il était alors important de manifester sa connaissance du cinquième chiffre après la virgule !

Ce changement de monnaie a bouleversé les adultes : j'entendais souvent mes parents parler de l'augmentation effarante des prix depuis le passage à l'euro, du fait que les commerçants en profitaient… Longtemps, mes parents ont continué à convertir l'euro en francs, notamment pour les grosses sommes. Quant à mes grands-parents, ils le convertissaient même en anciens francs, ce qui m'amusait beaucoup. Pour m'éviter ces mésaventures, ma grand-mère m'a d'ailleurs offert l'inévitable cadeau de Noël 2001, le « kit euro » d'une valeur de 15 euros. Un vrai sachet de Monopoly qu'il convenait de posséder pour ne pas passer pour le dernier des *has been*.

De fait, rompue au maniement de la devise continentale, je n'ai pas été très affectée par le changement de monnaie. Il faut dire que l'épicier du coin m'a facilité la tâche : ses carambars et malabars étaient à 10 centimes de franc, ils sont passés à 10 centimes d'euro. Gestion simple de la complexité ! Quant à mon argent de poche, il est passé de 10 francs à 5 euros, ce que je ne comprenais pas très bien. Finalement, les difficultés de mes parents avaient du bon !

2005-2008

Les années lycée

La pression…

Comme tous les adolescents, les enfants de 1990 subissent la pression de leurs parents, de leurs enseignants et du « système ». Le futur ne s'annonce pas rose et cette génération se veut encore plus désenchantée que les précédentes. La croissance nulle, le commerce extérieur qui se creuse, le rejet du référendum sur la Constitution européenne, la candidature parisienne aux Jeux olympiques battue par celle de Londres : rien ne marche, même si Ségolène Royal, candidate malheureuse aux élections présidentielles de 2007, nous conseille de faire preuve de « bravitude »…

Cela explique l'entrée de certains enfants de 1990 dans une spirale de refus de l'autorité. La génération de leurs parents, encore empreinte des principes de Mai 68, leur a déjà donné beaucoup de liberté, les parents s'exprimant

Chronologie

19 juin 2005
Mort violente du jeune Sidi Ahmed à La Courneuve. Nicolas Sarkozy, ministre de l'Intérieur, déclare le lendemain vouloir « nettoyer le quartier au Kärcher ».

27 octobre 2005
Deux mineurs poursuivis par la police meurent électrocutés dans un transformateur électrique. Cet événement déclenche de violentes émeutes urbaines sur tout le territoire.

16 janvier 2006
Présentation du CPE (Contrat première embauche) par le Premier ministre Dominique de Villepin.

13 février 2006
Ilan Halimi, séquestré durant plus de trois semaines par le « gang des barbares », est retrouvé agonisant dans l'Essonne.

25 juin 2006
Fusion entre le groupe indien Mittal Steel et le groupe français de sidérurgie Arcelor.

9 juillet 2006
L'équipe de France de football perd la finale de la Coupe du monde de football aux pénaltys face à l'Italie. Zinédine Zidane est exclu sur un coup de tête.

7 février 2007
Début du procès contre l'hebdomadaire *Charlie Hebdo* pour avoir publié, en février 2006, des caricatures de Mahomet. La relaxe est prononcée peu après.

6 mai 2007
Le candidat UMP Nicolas Sarkozy est élu président de la République française avec près de 53,06 % des voix exprimées, contre la socialiste Ségolène Royal.

25 novembre 2007
Émeutes à Villiers-le-Bel suite à un accident de la circulation impliquant une mini-moto, conduite par deux adolescents, ayant heurté une voiture de police. 69 policiers sont blessés.

12 mars 2008
Mort de Lazare Ponticelli, dernier poilu encore en vie.

Novembre 2008
Une série d'actes de sabotage sont relevés sur le réseau SNCF dans diverses régions de France. L'enquête aboutit à l'arrestation de Julien Coupat, membre de la « mouvance anarcho-autonome ».

L'ordre juste.

souvent sans tabous devant les enfants. Pas étonnant que nous ayons été rapidement conscients des problèmes des adultes, tout en restant dans notre bulle de surprotection. Beaucoup d'entre nous se mettent ainsi à abuser de la liberté qu'on leur accorde et, malins, savent comment déjouer les surveillances diverses en mentant à leurs parents – même face à l'évidence des relevés d'absence – ainsi qu'aux différents professeurs et CPE…

Une danse toute en harmonie.

Ne craignant plus la moindre autorité, les enfants de 1990 abusent ainsi réellement de cette liberté pour laquelle les générations précédentes se sont battues. D'autres expriment ce nihilisme ambiant par une danse étrange et sans lendemain, la tecktonik, étrange mélange de rien et de pas grand-chose.

Sécher les cours est cool, fumer aussi. Cela rend notre petite bande populaire, ce qui est bien l'effet recherché. On traîne dans le parc en face du lycée, chez des amis habitant à proximité, on joue au tarot deux heures durant après avoir commandé 2 cafés pour 4... Bref, on « chille » sévère. Heureusement, l'ordre a encore des représentants zélés. C'est en tout cas ainsi que nous interprétons la descente de madame Bouillot, notre proviseure adjointe, dans notre estaminet de perdition. Bravant tous les dangers, elle est venue nous arracher des griffes du cafetier pour nous ramener de force en cours !

L'Ipod permet de s'évader en tout lieu et à toute heure.

La crise, quelle crise ?

En 2007, une crise nouvelle frappe à la porte. Hausse de l'immobilier oblige, les ménages américains se sont endettés au-delà du raisonnable par l'intermédiaire de banques peu regardantes sur ces « créances pourries ». Beaucoup ne peuvent plus rembourser leurs crédits. Ainsi débute la crise des subprimes, qui devient une crise mondiale en quelques semaines. Des banques font faillite, on en nationalise d'autres... Le spectre des années 1930 flotte. Patrick Eudeline, prêtre rock et décadent, nous l'a conseillé dès 2005 : « Dansons sous les bombes ».

Manifestations de dockers à Strasbourg, tranquille.

À défaut de danser, nos parents nous font chanter : on continue à nous dire que nous devons absolument avoir le bac pour faire de bonnes études et obtenir un bon travail, que pour nous le bac, c'est obligatoire, que sans lui notre vie, notre avenir, seront fichus – bref, qu'on ne deviendra rien. Encourageant et mobilisateur ! Mais il est un âge où les discours ne fonctionnent plus, et nombre d'enfants de 1990 ne sont pas aussi sages que *Les Choristes*. Au contraire, nous affichons une *cool attitude* faite de je-m'en-foutisme et de nihilisme *no life*.

Politiquement, nous nous moquons bien des élections de 2007, des baignades de Dominique de Villepin et de la primaire socialiste. Nous faisons semblant, pour nous donner une contenance… Mais surtout, nous manifestons. Avec sa loi dite de « Contrat première embauche », le Premier ministre Dominique de Villepin pensait trouver une solution au chômage des jeunes. Pour le coup, nous ne chômons pas ! Manifestations le matin, le midi, le soir, tous les jours de la semaine si nécessaire. Ce mouvement nous offre une magnifique excuse pour sécher encore plus de cours et faire les imbéciles entre amis. On crée à cette occasion notre clan de jusqu'au-boutistes, dont la principale activité est de ne pas en avoir.

Vacances, portable, la crise sera au pire amoureuse.

Dominique de Villepin finira par retirer son projet de loi et redoubler d'efforts pour rester populaire. Pour moi, je redouble tout court. À 18 ans, le temps de l'internat arrive à temps pour reprendre une scolarité normale et obtenir mon bac S avec mention AB. Ouf, les enfants de 1990 ont quand même le sens des responsabilités…

Ladite crise est déjà terminée !

Les émeutes de banlieue

Octobre 2005. Tout commence comme un fait divers tragique : deux jeunes de Clichy-sous-Bois, en banlieue parisienne, s'enfuient à l'arrivée de la police alors qu'ils disputaient un match de foot avec des amis. Se retrouvant dans un petit bois, ils se réfugient dans un compteur électrique, où ils meurent électrocutés.
Les circonstances sont confuses. Certains accusent les forces de l'ordre, d'autres se demandent pourquoi les jeunes sont partis en courant. Toujours est-il qu'en l'espace de quelques jours, un vent de révolte se propage à toutes les banlieues dites « sensibles ».
Les médias relaient l'action en direct ! Tous les soirs, des norias de voitures sont brûlées et des dizaines de quartiers saccagés, en dépit des appels au calme. Des bandes de jeunes galvanisés affrontent les forces de l'ordre... La presse étrangère parle de guerre civile, les médias américains sont bien en peine de montrer une carte de France qui ressemble à quelque chose et les gouvernements étrangers recommandent à leurs ressortissants de veiller à ne pas quitter le centre-ville de la capitale...
Une fois le calme revenu, à l'heure des bilans, il faut en faire le constat : si le mal des banlieues n'est pas résolu, on ne déplore aucun autre mort que Zyed et Bouna.

Le feu aux poudres...

Une société protectrice ou lénifiante ?

La signalétique télévisuelle avait annoncé dans les années 1990 le retour de l'« ordre moral » ou de l'« État nounou », suivant qu'on le réprouve ou qu'il nous afflige. Au tournant des années 2000, un certain moralisme revient en force.

Certains établissements fournissent même le blouson pour fumer dehors !

Tout est matière à interdiction, prévention, injonction… Des pictogrammes enjoignent aux femmes enceintes de ne pas consommer d'alcool – encore eût-il fallu que celles qui en consommassent les lussent. Les campagnes de prévention se multiplient : contre l'obésité, les piscines mal sécurisées, les caries dentaires, la vitesse en voiture, le froid en hiver, la canicule en été et les mauvaises habitudes alimentaires. Chaque jour, un nouveau front s'ouvre dans la lutte contre le « mal » : il faut soudain manger « 5 fruits et légumes par jour » ; en 2007, une grande offensive est lancée pour promouvoir l'interdiction de fumer dans les restaurants et les cafés…

Fumeuse depuis déjà deux ans, je vois d'un mauvais œil cette interdiction de fumer. À 17-18 ans, mes amis et moi commençons à sortir dans les lieux publics, et nous ne pouvons pas imaginer une seule seconde ne plus pouvoir y fumer. Tout cela est-il d'ailleurs bien réel ? Les clients ne vont-ils pas se rebiffer ?

Le soir du 31 décembre 2007, nous en profitons une dernière fois en faisant la fête dans un bar. Nous fumons plus que de raison en répétant une unique phrase comme une antienne : « Comment on va faire à partir de demain, ça va être horrible… »

Heureusement, les enfants de 1990 se distinguent par un sens inné de l'adaptation ! Nous nous habituerons très vite au coin fumeur. Cela deviendra même un excellent moyen de faire des rencontres.

Spécialité de la chalala : le duckface.

Par ici les looks

L'adolescence est affaire de mode. Pour nous, elle n'est même que ça. Exempte de toute idéologie, soigneuse de son image, coupée de tout projet militant, la génération des années 1990 cultive son jardin et surtout son look. Fini le grunge, fini les mods, oubiée la tecktonik, ici c'est chalouf. Chalouf ? L'espèce se répand progressivement à partir d'un épicentre qu'on situera dans les quartiers bourgeois de la capitale. Le mâle chalouf se reconnaît à ses cheveux mi-longs et à sa mèche rebelle parfaitement lissée à l'aide de gel, à son panache chatoyant (polo Ralph Lauren vert pomme, turquoise ou rose, chemise à rayures ou à carreaux) et à ses pantalons (le jean Diesel est prisé car cher) hyper slim, taille basse, terminés par une chaussure pointue, parfois vernie. Les plus rebelles du genre portent des Converse qu'ils ont préalablement déchirées pour faire canaille...

La femelle est appelée « chalala » et préfère les pois et les dentelles fines aux rayures. Elle se déplace en bancs de chalalas, avec serre-tête énorme et brushing impeccable. Elle porte un pantalon slim taille basse blanc, rouge ou noir et pull à col en V Miss Sixty, avec – accessoire indispensable – des lunettes de soleil Chanel, et fait une moue méprisante pour dire « Je kiffe grave » sur son dernier Nokia rapporté des States par papa-chal ou maman-chal... Pour l'intégrité de leur espèce, les « chals » considèrent avec dédain le reste de l'humanité, et notamment les skateurs, dont le look et le goût pour le rock (en particulier le metal) sont une verrue sur leur conception du monde.

Le bling bling

À en croire The Urban Dictionary, *ce terme proviendrait de l'argot jamaïcain. Mais c'est le titre éponyme de B.G., un rappeur de la Nouvelle-Orléans membre des Cash Money Millionaires (avec Lil Wayne, Juvenile, Turk et Birdman), qui donne ses lettres de noblesse à l'expression.*

Cette onomatopée fait explicitement référence au bruit des chaînes en or dont les rappeurs aiment à se parer pour signifier leur aisance matérielle outrancière. Elle fait florès chez les rappeurs de la vague Dirty south, dont le style de vie est conforme à l'expression. Ils arborent des chaînes en or autour du cou, des montres et des bagues serties de diamants, voire des grilles qui recouvrent leurs dents.

Rapidement, l'expression sort du milieu du rap et commence à désigner un mode de vie tapageur, pour ne pas dire décomplexé. Nicolas Sarkozy, nouveau président de la République, en fait nolens volens *un marqueur de son début de quinquennat : lunettes et montres de marque, dîner au Fouquet's pour célébrer sa victoire, vacances sur le yacht de Vincent Bolloré et ministres d'État en robe de grand couturier dans* Paris Match. *Jacques Séguéla résume d'une formule lapidaire l'exigence philosophique et morale de la « droite bling-bling » : « Si on n'a pas de Rolex à 50 ans, on a raté sa vie. » Si la crise passe par là en 2008 et pousse à plus de modestie, les Français ne digèrent pas cet épisode. En 2012, François Hollande axera ainsi sa campagne sur l'idée d'une présidence « normale », en rupture avec ce style ostentatoire.*

Une notion qui aura vite fait de se répandre.

Le renouveau des séries

Les séries s'étaient enferrées dans la loi du sitcom et du politiquement correct, au point de tuer le genre – ou presque. Aux États-Unis, une chaîne, HBO, joue la carte du renouveau et produit, au tournant des années 2000, une nouvelle série qui passe pour trash *et* cash *: « Sex and the City ». Ces tribulations de quatre New-Yorkaises en quête d'amour d'un soir ou d'une vie ouvrent une brèche dans l'écriture des séries : on peut tout dire, mettre en scène les passades, l'immoralité. Les séries se doivent donc de ne plus être gnangnan et de montrer le réel. « Six Feet Under » raconte le quotidien d'une famille à la tête d'une société de pompes funèbres, « Dr House » met en scène un médecin misanthrope aux méthodes peu conventionnelles, les « Sopranos » nous plongent dans l'univers d'une famille mafieuse… Mais la comédie n'est jamais loin : « Desperate Housewives » raconte la vie d'« épouses désespérées » vivant dans une banlieue américaine, véritable stéréotype des quartiers résidentiels WASP de la* middle class, *« Nip/Tuck » est une satire au vitriol du monde de la chirurgie esthétique et d'une société malade du paraître, « Californication » met en scène le très lisse David Duchovny de « X-Files » dans un rôle d'écrivain autodestructeur et priapique, « Dexter » nous présente un expert en médecine légal qui, la nuit, devient tueur en série de criminels ayant échappé au système judiciaire… On est loin de « La Petite Maison dans la prairie », mais le public plébiscite ces séries qui envahissent les écrans depuis le milieu des années 2000 et dont le succès, encore aujourd'hui, ne semble pas se démentir.*

L'avènement du Cosmopolitan.

« T'es trop VIP ! »

Philippe Katerine en a fait un hymne et les sociologues, une réflexion plus générale sur l'évolution de la société : les années 2000 imposent quoi qu'il en soit au moins une réalité. Les people remplacent les stars. Qui sont les people ? Tous ceux qui sont « quelqu'un ». Stars de cinéma, vedettes du petit écran, chanteurs, cuisiniers de renom, auteurs célèbres, hommes politiques en vue, candidats de la téléréalité, tous sont des people dont les médias racontent l'histoire. Leur statut les place au-dessus de la mêlée des anonymes. Leur

Paris Hilton en plein travail.

capacité à faire parler d'eux sans rien produire, à monnayer leur image auprès des marques dont ils deviennent les porte-drapeaux et leur capacité à nouer des liens ambigus avec la presse people les y maintient. Paris Hilton, riche héritière délurée, est connue pour ses frasques et ses sex-tapes, mais personne ne saurait dire ce qu'elle fait de ses journées – à part les boutiques. Idem de Kim Kardashian ou de l'inénarrable Michael Vendetta : on sait vaguement que ce sont des jet-setteurs jet-laggés qui vont de before en after à Ibiza ou ailleurs, rien de plus.

Les people envahissent les pages des magazines people, qui se multiplient dans les années 2000. Ces hebdomadaires volontiers trash sont relayés par Internet et sa nuée de blogs et de forums. Le tout est de faire le « buzz ». La réussite ne se mesure plus en termes de disques vendus ou de place au box-office, mais de vues sur YouTube ou de « like » sur les réseaux sociaux.

À notre petite échelle, nous connaissons ce phénomène : adeptes d'Internet, nous mettons des photos sur nos Myspace et attendons les comm' des copines et des copains. Et si pour le moment nous montrons notre vie, bientôt nous commencerons à la vivre…

Je suis effectivement trop VIP…